LES GRANDES JAMBES

Sophie Adriansen

Slalom

Loi n° 49-956 du 16 juillet 1949 sur les publications destinées à la jeunesse, modifiée par la loi n° 2011-525 du 17 mai 2011.
ISBN : 978-2-37554-002-2

Slalom | un département **place des éditeurs**

place
des
éditeurs

1

Un problème de taille

– Vous n'avez rien de plus long, mademoiselle ?

Comme toujours, le suspense est resté entier jusqu'au dernier moment. Sur son cintre, le jean avait l'air long comme il faut, quand maman me l'a plaqué contre les jambes il semblait être taillé juste pour moi, mais lorsque je l'ai enfilé le verdict de la glace a été sans appel : trop court.

– Je vais chercher la taille au-dessus.

La vendeuse revient, pleine d'enthousiasme. Je déchante dès que j'ai *la chose* en main. Ce jean paraît plus long, effectivement ; mais il est aussi beaucoup plus large. Quand donc les fabricants comprendront-ils que ce n'est pas forcément parce qu'on est grande qu'on est grosse ? Je me retiens de faire une remarque. La vendeuse est plus que forte. En voilà une qui doit trouver son bonheur dans les grandes tailles. Comment peut-on être aussi grasse ? Comment peut-on se supporter ainsi ?

– Ça n'ira pas, lui dis-je en lui rendant le denim.

Je prends l'air de celle que ce genre de déconvenues n'atteint pas. En réalité, je suis désespérée. Je n'ai qu'une envie : prendre mes jambes à mon cou. Et si je me retiens, c'est uniquement parce que ce ne serait que reculer pour mieux sauter...

Jusqu'à peu, j'étais une fille normale. Plutôt grande, d'accord, mais rien d'une géante. Et puis je suis entrée au collège, et là ma croissance s'est emballée. Tous mes vêtements sont devenus trop petits d'un seul coup, et depuis il faut en racheter de nouveaux tous les trois mois. Pour les manches, passe encore : j'arrive à tricher en remontant les pulls jusqu'aux coudes, et si je reste les bras bien tendus, même les manteaux paraissent ajustés. Mais pour les jeans, c'est la catastrophe. En trouver un qui me va se révèle mission impossible... et pourtant, maman et moi tentons de relever le défi à intervalles réguliers. Le shopping est un cauchemar. Les mines vaguement compatissantes ou pleines de pitié des vendeuses, les regards moqueurs des filles qui sortent des cabines d'essayage voisines, l'espoir systématiquement suivi d'une déception... Moi qui ai toujours trouvé ridicules les gens qui laissent entrevoir leurs chaussettes, voilà que je suis forcée de montrer les miennes ! Elles entrent pourtant dans la catégorie des sous-vêtements ; tout est dit. Par moments, je voudrais revenir à l'école primaire rien que pour pouvoir à nouveau me fondre dans la masse des enfants à qui tout va.

– Attendez ! J'ai une idée ! s'exclame soudain la vendeuse avant de disparaître entre deux portants.

Lorsqu'elle reparaît, elle brandit un jean très foncé agrémenté d'un large revers. Il a un côté rétro qui me plaît bien. En revanche...

– Inutile d'essayer, il sera trop court.

Quand je pense qu'il y en a qui portent leur jean avec le bas retourné, deux, trois revers parfois, parce qu'il est trop long ! Nous ne devrions pas vivre sur la même planète, eux et moi. C'est bien trop cruel.

– Non mais attendez. Vous avez vu comment est fait le pantalon à l'intérieur ? En quelques coups de ciseaux, vous pouvez défaire l'ourlet et récupérer la hauteur du revers. Avec ça, je vous garantis que le tissu traînera par terre.

Je retire une à une toutes les pensées moqueuses que j'ai eues à l'égard de la vendeuse. Une telle imagination ne peut venir que de quelqu'un qui en a personnellement bavé pour s'habiller. Qui sait si elle n'a pas elle-même cousu ensemble deux jeans pour en former un seul de grande contenance ? Je me tourne vers maman :

– Ça te semble possible ?

Maman est ma seule alliée dans l'affaire. Elle se désespère comme moi de nos échecs répétés en matière de pantalons. Elle aussi voudrait vivre dans un monde où je pourrais en choisir un sans même l'essayer et être assurée, grâce à l'étiquette, qu'il sera ajusté. Quant à moi, je préférerais que nous utilisions ce temps passé ensemble pour autre chose qu'écumer les boutiques en quête de la perle rare.

– Nous pouvons aussi le faire en magasin, précise la vendeuse.

– Ça ira, j'ai tout ce qu'il faut à la maison. Par contre, Marion, on va tout de même s'assurer qu'il n'est pas trop grand au niveau de la taille.

Je l'enfile. C'est une splendeur. Une seconde peau. Quand il aura été allongé, il sera tout simplement parfait. Je regrette déjà de devoir l'enlever.

Adjugé, vendu. Yes ! J'ai furieusement envie d'envoyer un texto à Charlotte, ma meilleure amie, pour la prévenir que dès demain, au collège, je ne serai plus la même Marion... Je parviens à me retenir : je lui ferai la surprise.

J'embrasse maman sur la joue en la remerciant. Elle, j'ai l'impression que c'est la vendeuse qu'elle pourrait embrasser : notre cauchemar est terminé !

2

Rapport détaillé

– Je ne vois pas l'intérêt d'acheter des vêtements neufs si tu es obligée de faire de la couture en rentrant.

Mon père ne comprend rien à ma problématique. Pour lui, mes histoires de pantalons trop courts ne sont que des caprices d'ado. Il est persuadé que personne ne fait attention à ce genre de détails. C'est d'ailleurs pour cette raison que lui-même s'autorise les pulls à trous et les manches qui s'effilochent le week-end. Il n'est pourtant pas innocent dans cette affaire : il fait une tête de plus que maman. Ma croissance, il en est largement responsable.

De mon calvaire, il ne saisit rien. Calvaire, oui… Le mot n'est pas trop fort. Je choisis mes habits le soir et cette étape est toujours source de stress. J'envie ceux pour qui elle ne consiste qu'à assortir des couleurs ou des motifs. Ma réflexion est tout autre. Comment tricher pour gagner quelques centimètres ici et là ?

Les jupes pourraient être la solution au problème si elles ne présentaient des désagréments d'un autre genre : elles tournent. La faute aux hanches que je n'ai pas encore. Il n'est pas rare, si l'on n'y fait pas attention, de constater en milieu de journée que les poches ont effectué autour de la taille une rotation de 90° par rapport à leur emplacement d'origine. Et il suffit de piquer un sprint pour que les fesses se retrouvent devant. Sans compter qu'on n'est jamais à l'abri d'une mauvaise surprise, avec une jupe : ça se soulève et ça se coince tellement facilement… Bonjour l'affiche !

Alors je m'abstiens.

Ma confiance en moi s'envole déjà au moindre coup de vent, pas besoin d'en rajouter.

Dans la cour du collège, les paires d'yeux sont des mitraillettes. Aucune faute de goût ne passe inaperçue. Les jugements sont immédiats, les conclusions définitives. Les blagues fusent, souvent gratuites, parfois cruelles. Je suis désormais habituée aux « sauterelle », « grande perche », « girafe ». Heureusement que je ne m'appelle pas Sophie !

Mais grâce à ce nouveau jean, tout va changer. Et dès demain.

Dans la vie, tout est affaire de proportions ; le corps humain ne déroge pas à la règle. Et c'est mon obsession du moment.

Auparavant, mon idée fixe s'appelait césure. À la moindre phrase entendue ou prononcée, mon esprit comptait les lettres et les organisait en colonnes, coupant les mots à des endroits que les règles orthographiques répriment afin que tout soit parfaitement aligné. Quand on me demandait « Veux-tu manger ? », mon cerveau traduisait instantanément :

Veu
x-tu
m a
nge
r ?

Quand on me disait « C'est sympathique », les ciseaux planqués dans ma tête découpaient en :

C'est
sympat
hique.

Je n'ai jamais su d'où cette manie m'est venue, ni comment et pourquoi elle est repartie (quoiqu'il m'arrive encore exceptionnellement de céder à la tentation quand on me déclame un mot de plus de trois syllabes). C'est quelque chose que je n'ai jamais dit à personne : on me prendrait pour une folle. Ma frénésie du découpage est restée uniquement cérébrale. Tant mieux : j'aurais détesté qu'on me prenne pour une fille à tocs.

Je me focalise désormais sur les silhouettes. Sur le rapport entre le buste et les jambes, plus exactement. Si on laisse la tête de côté, ce rapport oscille, selon les individus, entre 1/2 et 1/3. Il y a des gens dont le dos fait la moitié du corps. Courts sur pattes, dit-on. Courtauds. Trapus. À l'inverse, il y a les tout-en-jambes, dont le buste semble perché très haut. Comme moi. Je passe mon temps à découper mentalement les corps en tronçons, à ramener les genoux de chacun contre leur torse. Ceux des uns arrivent sous leur poitrine ; ceux des autres touchent leur menton. Tous sont des êtres humains nés de la même manière et dotés d'un esprit potentiellement identique. Tous ont été des bébés potelés au ventre rebondi et aux jambes minuscules. Cette diversité me fascine. Même si j'ai tendance à ressentir plus d'affection pour les échassiers de mon espèce.

Mes observations me sont bien utiles en cours de dessin. Depuis que je suis au collège, c'est mon activité extrascolaire de la semaine. Deux heures le mercredi soir. On a commencé par du fusain et des reproductions de photographies en noir et blanc, des paysages. On est passés ensuite à la sanguine et aux natures mortes. En soi, esquisser deux pommes, une pêche et une cruche sur sa feuille n'a rien d'excitant, mais il faut reconnaître que Danielle, la prof, a raison : il n'y a rien de tel pour apprendre les volumes, les textures, les différents plans. Danielle ne ressemble pas à ce qu'on attend d'une prof de dessin. Elle est très rock d'apparence, oreilles cloutées, cheveux tressés de brins de laine violette et rouge, pantalons en cuir et gros godillots, mais très douce dans ses gestes et son discours. J'adore quand elle s'approche de moi dans mon dos et me fait corriger un trait d'un coup de main.

Maintenant, nous sommes passés aux pastels secs et nous nous en donnons à cœur joie sur nos feuilles grand format. Au moins, il y a toutes les couleurs. Et nous dessinons des scènes complètes, avec des décors, des animaux, des hommes et des femmes. Danielle nous a dès le départ conseillé de prendre du recul. Au sens propre : toutes les cinq minutes, nous quittons nos chaises pour appréhender notre œuvre de loin. Ça permet de repérer instantanément un défaut majeur, un déséquilibre dans la composition globale. Ou un problème de proportion dans une silhouette. Malgré cela, certains élèves conservent des personnages aux jambes minuscules sans que cela paraisse les choquer.

Nous sommes passés par l'étape mannequin de bois pour saisir les mouvements, travailler les articulations. J'ai adoré cela. Il faut dire que comme moi, les mannequins ont de grandes jambes.

– Toi Marion, tu as l'œil pour les corps ! a dit Danielle dès la première fois qu'on s'est essayés à ce type de sujet.

Je me suis bien gardée de lui dire qu'en plus de mon obsession, je bénéficie d'un avantage considérable :

j'ai chaque jour sous les yeux dans la cour du collège l'individu aux proportions parfaites.

LE modèle.

Grégory.

3

Jim

Je suis une reine. Je ne marche pas, je danse. Je chaloupe sur le macadam. La cour du collège est un podium sur lequel je suis la seule à défiler. Les regards des élèves sont des projecteurs braqués sur moi.

Sur moi, et sur Jim. Il a sa part de responsabilité dans ce succès.

Jim, c'est comme ça que j'ai baptisé mon nouveau jean. En revenant du magasin, maman a défait l'ourlet comme le lui avait conseillé la vendeuse, ignorant courageusement les commentaires et autres haussements de sourcils de mon père. Le revers est devenu de la longueur et le pantalon s'arrête juste au niveau des semelles de mes chaussures. Le tomber idéal. Exactement celui que je voudrais si j'avais l'embarras du choix.

On ne dit pas assez le pouvoir des vêtements. Porter un jean qui vous va à merveille, ça change votre vision du monde. Depuis que j'ai quitté la maison, je me sens d'humeur à mordre la vie à pleines dents. À conquérir le monde. À relever des défis. À regarder Grégory dans les yeux, peut-être même.

Depuis que j'ai enfilé ce jean, je me sens belle. Enfin, je n'ai plus honte de mon corps.

Jim est bien plus que du tissu : c'est un ami, un complice. Mon meilleur allié pour affronter la jungle du collège.

Je veux que nous ne soyons plus jamais séparés. Alors j'ai mis au point une stratégie en fonction des lessives. Maman fait tourner la machine à laver deux fois par semaine : le mercredi après-midi et le dimanche matin. Mon plan est simple : Jim sera de toutes les lessives. Entre le dimanche et le lundi, il aura le temps de sécher dans la buanderie (j'ai conclu un pacte avec maman : Jim ne passera pas au sèche-linge, je redoute trop que l'horrible tambour ne lui fasse perdre de précieux centimètres). Et entre le mercredi après-midi et le jeudi matin, je l'aiderai s'il le faut à coups de radiateur et de sèche-cheveux.

Maintenant que j'ai goûté à la vie avec Jim, il est impensable d'envisager d'aller au collège sans lui.

Il n'y a qu'un regard que je cherche dans la cour et je finis par le trouver : Grégory est du côté du préau avec trois copains. Nous ne sommes pas dans la même classe et ne l'avons jamais été, nous ne nous sommes jamais vraiment parlé (excepté quelques « Pardon » et autres « Excuse-moi » de ma part lorsque je profite de bousculades pour me retrouver nez à nez avec lui), pourtant je suis dingue de lui depuis le début de la Sixième. Depuis le premier instant où je l'ai vu. Il est blond, il est grand, il est beau – et pour tout le reste, ce que j'ignore, son caractère, ses goûts, ses opinions, je devine qu'il est au niveau de ce que son physique laisse présager et que nous formerions un couple parfait.

L'an dernier, au fil des mois, et grâce à ma fidèle Charlotte, détective de choc, j'avais réussi à reconstituer son emploi du temps, et il n'était pas rare que je fasse des détours dans les couloirs pour le croiser l'air de rien. Cette année, je n'y suis pas encore parvenue – mais j'ai le grand bonheur d'avoir sport en même temps que lui le mardi matin, ce qui me donne le loisir d'admirer son corps en mouvement sur le terrain d'athlétisme ou dans le gymnase.

Charlotte a accepté de m'aider quand elle a compris que mon amour pour Grégory était solide. Elle, elle subit au quotidien les variations d'humeur de sa sœur en fonction de sa situation sentimentale : Camille alterne phases d'euphorie intense et profond désespoir, elle passe de « C'est l'homme de ma vie ! » à « Ma vie est foutue » plusieurs fois par semaine. Charlotte s'est juré qu'elle n'entrerait pas avant le lycée dans « l'ère des petits copains », comme dit leur mère.

Je serais encore plus mauvaise élève si j'étais dans la classe de Grégory. Notre situation me permet de ne faire fonctionner mon radar Greg qu'en dehors des heures de cours. Et pour fonctionner, il fonctionne : de la cour aux couloirs en passant par le réfectoire, le CDI et même les abords du collège jusqu'à l'arrêt de bus, il est d'une sensibilité maximale. Capable de détecter sa présence à cent mètres à la ronde, même dans mon dos. Et quand il y a une chance, même infime, que Grégory me voie, je me comporte comme s'il me regardait.

Je crois qu'il connaît mon prénom.

Du moins, j'espère.

Peut-être que Grégory va me remarquer davantage maintenant que je porte un jean bien coupé. Ou peut-être que le jean va me donner l'assurance nécessaire pour enfin aller lui parler.

La sonnerie retentit avant la fin de mon défilé. Je prends goût au mannequinat. C'est donc ça, l'arme secrète qui donne confiance et permet de s'enhardir ? L'expression « bien dans ses baskets » est inexacte ; « bien dans son jean », voilà ce qui fait toute la différence.

Je sors mes affaires de maths. Charlotte est pour l'instant la seule à avoir remarqué Jim. Ça me déçoit un peu, bien sûr : j'aurais aimé que toute la classe s'exclame et m'admire. Mais ça me rassure aussi : si on n'y fait pas attention, c'est parce que Jim est un jean normal.

Je suis normale.

Enfin.

4

L'école flamande

Le professeur d'arts plastiques affiche une mine qu'on ne lui connaît pas. Il est accompagné de madame Charpentier, la prof d'histoire. Il semble très sérieux alors qu'on est habitués à ce qu'il joue les copains avec nous : dans son cours, aucun des principes de discipline appliqués dans les autres matières n'existe.

– Un peu de silence, s'il vous plaît. Madame Charpentier est là parce que nous avons quelque chose à vous annoncer. Les deuxième et troisième trimestres vont être consacrés à...

Il se retourne pour ménager l'effet de surprise et écrit au tableau :

– ... l'école flamande.

– C'est quoi ? lance aussitôt Michaël.

– C'est l'école qui t'apprend à devenir un flamant rose ! s'esclaffe Sofiane.

– Si t'étais pas aussi débile, tu saurais que « flamant rose », ça s'écrit avec un t, claque Justine.

Elle a raison, bien sûr, on prend rarement Justine en défaut, mais je suis certaine qu'elle ignore ce qu'est l'école flamande. Moi, je sais. Je me sens soudain nettement supérieure à mes camarades.

– Ce qu'on appelle l'école flamande, c'est l'ensemble des artistes des pays parlant le flamand ainsi que leurs œuvres, sur une période allant de la fin du XIVe au XVIIe siècle. L'art flamand a rayonné dans toute l'Europe. On retrouve son influence dans l'art français, par exemple.

Monsieur Velin donne ses explications sans nous demander quoi que ce soit. Je suis frustrée.

– Certains parmi vous connaissent-ils des peintres que l'on rattache à ce courant ?

– Rembrandt ! Vermeer ! dis-je dans un cri.

Danielle nous a fait travailler la lumière à partir du *Changeur* du premier et de *La Jeune Fille à la perle* du second. Jamais je n'avouerais que jusqu'à ce que

– Ouaiiiiis !

La classe laisse éclater sa joie. Ça crie, ça chante, des stylos volent.

Il n'y a que les jumelles Tran, assises au premier rang comme toujours, qui n'ont pas bougé d'un pouce. Elles se tiennent très droites, les mains posées devant elles. Si elles n'extériorisent rien, c'est culturel, m'a expliqué Charlotte dont le frère fait du chinois au lycée. Ces filles-là sont un mystère ; nous sommes pourtant ensemble depuis le début du collège mais je ne sais rien d'elles. Elles sont toujours toutes les deux et ne parlent aux autres que lorsqu'elles ne peuvent pas faire autrement.

Leur morphologie me captive. Elles ont un long buste et des jambes courtissimes. Elles ne sont pas très grandes non plus, certes (ça n'est pas une nouveauté, les Asiatiques sont petits, les Scandinaves sont grands), mais au-delà de ça ce sont leurs proportions qui sont étonnantes.

Pour la photo de classe de Sixième, le photographe les avait placées au premier rang, la place traditionnelle des petits. Jacqueline et Bernadette (ce sont leurs prénoms, moi aussi j'ai du mal à m'y faire, d'autant que ma grand-mère et l'une de mes grand-tantes s'appellent comme ça) s'étaient retrouvées assises entre d'autres enfants qu'elles dépassaient d'une demi-tête tandis que leurs pieds, contrairement à ceux des autres, ne touchaient pas le sol.

Il faudrait établir une carte du monde des morphologies. Les Africains remporteraient la palme des plus longues jambes – ils remportent déjà toutes les compétitions d'athlétisme – et les Asiatiques celle des plus petites.

Je participe à la liesse collective.

Moi, Amsterdam ou ailleurs, plus rien ne me fait peur : depuis que j'ai un jean qui descend jusqu'au sol, je suis prête à parcourir la planète tout entière.

5

Purée !

Charlotte est une redoutable indic. Ce jeudi, pendant que je dépose sur le plateau mon déjeuner, elle repère la table à laquelle Grégory et ses copains sont installés. Au menu, avocat-crevettes, saucisses-purée et fromage blanc-fruits rouges.

– Il est face à la fenêtre, me glisse-t-elle. Y a de la place à cinq mètres sud-ouest.

Grégory est le nord de ma boussole interne. Je présente ma carte de cantine à la caissière et me tourne vers la salle. Mes yeux s'arrêtent sur la nuque du grand blond. Tout est beau en lui, même l'arrière de son cou. Je m'imagine caressant du doigt le fin duvet de cette nuque qui...

Un éclair. Un fracas. Et le temps qui s'arrête.

Je viens de faire tomber mon plateau. C'est la catastrophe ! Tout le réfectoire a les yeux rivés sur moi. Et moi, j'ai de la purée plein mon jean. Charlotte a l'air horrifiée. Je suis pétrifiée.

Les longues coulées jaunâtres s'accrochent au tissu. C'est dégoûtant. J'entends des rires. Je croise des regards méprisants. Jim, qu'est-ce qui nous arrive ?

Une cantinière s'approche de moi.

– Viens donc là derrière, on va te nettoyer un peu. Qu'est-ce qui s'est passé ?

– Je... je ne sais pas.

C'est la stricte vérité, me dis-je tandis que la dame fait tomber la purée dans une bassine avec un chiffon humide et que tout ce qu'il y a autour devient flou.

Je sens les regards dans mon dos pendant que je pousse une seconde fois mon plateau sur les rails. Je suis désespérée. Mon pantalon sèche lentement, se transformant en plâtre par la même occasion. Pourquoi n'ai-je pas choisi des frites au premier passage ? Le drame se dessine : il ne sera pas question de porter à nouveau mon jean tant qu'il n'aura pas été lavé. Et la prochaine machine est dimanche. L'enfer va reprendre jusqu'à la fin de la semaine.

– Il m'a vue ? demandé-je à Charlotte dès que je m'assieds, me soustrayant enfin aux pesants regards des autres collégiens.

– Je... je pense, oui, hésite-t-elle. Tout le monde t'a vue, en fait.

La purée que j'ai dans mon assiette a du mal à passer. Grégory doit penser de moi que je ne suis qu'une cruche maladroite et incapable de porter son plateau. Et demain, il pensera qu'en plus je ne sais pas m'habiller.

La purée de la honte. Impossible d'en avaler davantage.

Vous connaissez cette impression de retomber dans un cauchemar dont on croyait s'être définitivement sorti ? C'est exactement ce que je ressens en franchissant les grilles du collège ce vendredi matin. La vie est cruelle : elle m'a donné l'occasion d'avoir un aperçu du paradis et m'en a aussitôt privée.

J'ai ressorti mon jean le moins court, celui que je mettais avant que Jim n'entre dans ma vie. Il me semble qu'il a encore raccourci. J'ai choisi des chaussures montantes pour régler le problème de chaussettes visibles. J'ai mis un pull long et large pour passer inaperçue. C'était sans compter Michaël :

– Hé, pêche aux moules !

Il abuse ! Puisqu'on ne voit pas mes chaussettes...

– Y a le feu au plancher ! ajoute-t-il en s'éloignant. Appelez les pompiers !

Cette fois, d'autres élèves ont entendu. Je déteste Michaël. Il croit sans doute qu'il ressemble à quelque chose, lui, avec ses lunettes toujours sales ?

Je le déteste d'autant plus que je sais qu'il a raison.

Au printemps dernier ont fleuri des vêtements nouveaux dénommés *pantacourts*. Je ne commenterai pas le mot en lui-même, il souligne déjà suffisamment l'inculture de son inventeur, et je ne parle pas de l'offense faite à Pantalone, le célèbre personnage de la *Commedia dell'arte* sur lequel nous avons travaillé en cours de français. Les pantacourts, donc, sont de longueur variable : certains s'arrêtent juste en dessous du genou, style corsaire, d'autres descendent à mi-mollet, d'autres encore s'approchent du pantalon juste un brin trop court. C'est moche. Tous les modèles sont moches (j'exclus le corsaire qui s'apparente plus à un bermuda – hors de question d'aller en bermuda au collège). Bref : le pantacourt est inenvisageable.

On pourrait ne considérer le pantacourt qu'en termes de longueur, mais ce serait trop simple : il faut tenir compte du revers de couleur, de la forme évasée, et de mille autres détails qui ont été pensés pour des adolescentes aux jambes plus courtes que les miennes. Les stylistes marquent le genou à la place du genou. Et moi, ce genou m'arrive presque à mi-cuisse.

Car oui, je possède des pantacourts. J'ai même cru, à leur apparition, que mon salut viendrait d'eux. Je suis prête à renier tous mes principes en matière de mode pour ne pas être habillée plus court que les autres. À arborer des papillons brodés sur la couture, à supporter des poches bicolores.

Rien à faire. Sur moi, ça a toujours l'air trop court.

Le temps des pantacourts dure à peine deux mois. Et rien ne dit qu'ils ne seront pas totalement démodés au printemps prochain.

On se console comme on peut.

6

Extérieur jour

Nous devons, à deux, préparer un dossier sur l'une des œuvres exposées au Rijksmuseum d'Amsterdam : il faudra d'une part travailler sur le tableau original, présenter le sujet, son contexte et l'histoire de la toile (pour le cours de madame Charpentier), et d'autre part proposer une interprétation moderne. Velin nous a donné une liste. J'ai dû batailler : Charlotte voulait absolument choisir *La Laitière* de Vermeer, mais j'ai fini par la convaincre que *La Ronde de nuit* de Rembrandt serait bien plus intéressante. J'ai bien fait : pas moins de cinq groupes ont choisi *La Laitière*, tandis que nous sommes les seules sur *La Ronde de nuit*.

J'adore Charlotte mais je n'aime pas travailler autrement que seule. En réalité, quand le sujet me plaît, je suis toujours tentée de faire bien plus que ce qui est demandé. Si je pouvais, je ferais un dossier sur toutes les œuvres de la liste ; et ensuite, je demanderais à Danielle de ne plus reproduire que des toiles de peintres flamands le mercredi soir.

Puisqu'il faut bien respecter les consignes, je propose à Charlotte de démarrer la partie recherches historiques et de la laisser trouver une idée d'interprétation.

– Ça me va.

Chacune de nous doit penser que c'est elle qui s'en sort le mieux. Très bien ! Travailler sur un sujet qui me plaît, ce n'est pas travailler.

Je réquisitionne la tablette familiale pour démarrer mes recherches. Ce que je découvre me passionne instantanément. On croit toujours que les chefs-d'œuvre venus du passé sont le produit d'une inspiration soufflée par des événements précis ou des blessures d'enfance. *La Ronde de nuit*, l'un des tableaux les plus célèbres de Rembrandt, lui-même l'un des peintres les plus célèbres de son pays et de son époque, était une commande : dix-huit membres d'une milice bour-

brandt se serait peint lui-même, à moitié caché par le porte-drapeau de la compagnie.

Que ce tableau ait été commandé et non pas rêvé, prémédité, mûri par Rembrandt ne change rien à l'affaire : il n'en reste pas moins la démonstration du génie du peintre. En 1642, année d'achèvement de l'œuvre, il avait trente-six ans et déjà une longue carrière derrière lui. C'est qu'à quinze ans Rembrandt Harmenszoon van Rijn savait déjà qu'il consacrerait sa vie à la peinture. Et il ne s'est pas trompé, puisqu'il a produit 400 peintures, 300 eaux-fortes et autant de dessins et qu'il a réussi à entrer dans l'histoire de l'art avec son seul prénom. Cela voudrait dire que dans trois ans, il faudrait que je sache moi aussi ce qui guidera ma vie ? Ça me semble un peu court...

J'ai sous-estimé Charlotte en matière d'art contemporain : elle a une super idée pour notre interprétation moderne de *La Ronde de nuit*.

– On va conserver la technique principale de Rembrandt pour cette toile, le clair-obscur, et reproduire une scène semblable à la sienne en découpant des silhouettes dans des magazines. On reste sur la même gamme de couleurs, des teintes très sombres, du beige, des touches de rouge et de bleu. Pour le fond, du noir et rien que du noir, mais toujours pris dans des magazines, et représentant des éléments de la ville, des immeubles, des maisons, des tours, des poteaux électriques pourquoi pas, pour rester dans le principe d'une balade la nuit.

– Ça ne se passe pas la nuit, lui expliqué-je.

Nous nous sommes retrouvées au CDI du collège. Je sors de mon sac les pages imprimées sur lesquelles mes notes, recopiées et organisées, dessinent la trame de notre dossier, et je raconte à ma meilleure amie l'histoire du vernis et du temps qui passe, faussant l'interprétation.

– Peu importe, dit-elle en haussant les épaules. Ce qui compte, c'est que notre collage reprenne la composition du tableau avec les différents plans.

Je trouve son idée géniale. Je suis sûre que Velin va adorer. J'aimerais déjà être le jour où il rendra les dossiers corrigés.

7

Midi à sa porte

La courbe du pédiatre est formelle : une fille de douze ans mesure en moyenne 153 centimètres.

– Tu as dû apprendre que pour obtenir une moyenne, il faut un certain nombre de valeurs. Certaines sont donc obligatoirement inférieures à la moyenne, et d'autres sont supérieures. Autrement dit, il est normal qu'il y ait des grandes et des petites, et tu fais partie des grandes. Il n'y a rien d'alarmant à cela.

Il n'y a peut-être rien d'alarmant mais ces vingt centimètres au-dessus de la moyenne sont difficiles à assumer. Car j'ai encore grandi. Sept centimètres depuis notre dernière visite ! Voilà pourquoi Jim laisse désormais entrevoir mes chaussettes à chaque pas. J'espérais qu'il tiendrait plus longtemps, mais ma croissance n'a pas l'air décidée à s'arrêter.

– Et si les garçons sont pour l'instant plus petits que toi, c'est parce que leur développement ne se fait pas au même rythme. Mais d'ici quelques mois, tu verras qu'ils t'auront rattrapée.

Je dépasse la plupart des garçons mais aussi la plupart des professeurs. Or la croissance du corps enseignant est bel et bien achevée.

Heureusement que Grégory est grand, lui.

J'ai lu quelque part que la taille d'un enfant de deux ans correspond pile à la moitié de la taille qu'il fera à l'âge adulte.

À deux ans, je mesurais 89 centimètres. Je prie pour que cette théorie soit juste et que je n'aille pas au-delà d'1,78 mètre.

– Est-ce qu'il t'arrive d'avoir mal au dos ? me demande le pédiatre.

– Non, jamais.

– Très bien. C'est parce que tu as de grandes jambes. Souvent, les filles qui poussent vite et haut comme toi ont un grand dos et comme elles n'assument pas de dépasser les autres d'une tête, elles se tiennent mal et n'échappent pas au corset.

Évidemment, entre un jean trop court et un corset, je n'hésite pas une seconde. Un corset, ma cousine Katia en a porté un. L'été entre la Sixième et la Cinquième, on lui a fait des radios du dos et on a découvert que sa colonne vertébrale avait la forme d'un superbe *S*. *S* comme scoliose. Résultat : des mesures et un moulage pour concevoir le corset orthopédique, deux ans ensuite à souffrir le martyre nuit et jour, coincée dans ce mini-sarcophage en plastique fermé par des lanières en cuir qui la serrait, lui laissait des marques rouges sur la peau, l'empêchait de se baisser facilement et parfois de respirer (et ç'aurait pu être encore pire, j'ai entendu parler d'une fille qu'on a plâtrée des aisselles au bas-ventre, et d'une autre qu'on a opérée et à qui on a mis une tige dans le dos car sa croissance était terminée quand on s'est aperçu qu'elle avait une scoliose).

Katia a dû revoir toute sa garde-robe pour rendre le corset le moins visible possible : adieu les décolletés, bonjour les tee-shirts larges et couvrants ainsi que les foulards pour camoufler la mentonnière. Malgré ses efforts, ses camarades de classe ont très vite su ce qu'il y avait sous ses vêtements et pourquoi elle était dispensée d'éducation physique. Jusqu'à la fin de la Troisième, ma cousine a été surnommée « le rugbyman » et les garçons du collège ont dansé le haka des All Blacks de Nouvelle-Zélande devant elle chaque fois qu'ils ont pu.

Mais pour l'instant, je ne parviens pas à me réjouir de ma situation. D'autant que maman a annoncé la couleur : en sortant de chez le pédiatre, direction le centre commercial avec pour objectif de me trouver un nouveau jean.

– On a trouvé la dernière fois, on va trouver aujourd'hui aussi ! tente-t-elle de me rassurer.

J'aimerais tant qu'elle dise vrai. J'aimerais tant qu'elle ait le pouvoir de faire apparaître un jean à ma taille dans la première boutique où nous entrerons... Je m'accroche à son bras et nous entrons dans la galerie climatisée où m'attend mon destin.

8

Chou blanc

– Vous avez combien d'articles ?

La façon dont la fille qui s'occupe des cabines d'essayage mâche son chewing-gum tient de la vache plus que de l'être humain. Je renonce à lui indiquer qu'à la forme interrogative, il est bienvenu de placer le sujet après le verbe ; de toute façon, elle a posé la question sans même lever les yeux sur nous.

– Onze, répond maman.

– C'est maximum six articles par cabine. Laissez les autres ici, on fera l'échange.

Elle nous tend une sorte de chausse-pied pour géant dans lequel est creusé le chiffre 6 et se désintéresse aussitôt de nous pour parler au talkie-walkie qu'elle porte autour du cou. Je me retourne et j'aperçois, plus loin dans le magasin, d'autres vendeuses qui font de même. Elles en sont toutes équipées.

L'essayage commence. J'ai failli dire *la punition*, mais ça n'est pas vrai : car à chaque fois que j'enfile un jean, je m'emplis d'un espoir fou. Et si j'avais en main le pantalon qui changera ma vie ? Puisqu'un Jim a croisé ma route, il n'est pas impossible qu'un deuxième se présente. J'en rêve en ouvrant les pinces du cintre. L'espoir est intact jusqu'au passage de mes genoux. Ensuite, tout s'accélère, soudain mes chaussettes apparaissent entièrement et j'ai beau me dépêcher, comme si en allant plus vite je pouvais tirer le jean jusqu'à ma taille avant que le tissu n'ait le temps de remonter, lorsque je ferme le bouton je sens déjà que l'air circule confortablement entre l'ourlet du bas et le sol.

– Alors ? demande maman en passant sa tête entre le rideau et le miroir de la cabine.

– Devine...

Elle rapporte les cinq premiers jeans et revient avec les cinq autres. Moi, j'en ai déjà assez. Je crève de chaud. Au fond de moi, une petite voix m'assure que je vais au-devant de cinq nouvelles déceptions. Et les essayages me donnent raison. Cette fois, pas de revers miracle : nous allons rentrer bredouilles.

– Alors ? demande à son tour la vendeuse.

– C'est un peu court, explique maman. Ma fille a de très grandes jambes.

Sans me demander mon avis, la fille au chewing-gum ouvre grand le rideau pour constater l'étendue des dégâts.

– Ah oui, là c'est court ! Mais un *bootcut* ou un *straight* paraît toujours moins long qu'un *slim*. Vous portez des *slims* ? Je vais vous en chercher.

Maman me regarde avec l'air de quelqu'un à qui un ruminant en talons vient de s'adresser en ouzbek.

– Qu'est-ce qu'elle a dit ?

Je traduis :

– Un jean évasé en bas ou droit paraît toujours moins long qu'un jean resserré sur les chevilles. Sauf que c'est moche ! ajouté-je.

La vendeuse revient avec deux modèles qu'elle me tend.

Je me retiens de lui indiquer que six jeans plus deux slims, ça fait huit pantalons, et que c'est *maximum six articles par cabine*. Après tout, c'est son problème. Et comme elle ne bouge pas, je passe le premier.

Je ne comprends pas le concept des jeans slims. Il faut forcer pour passer le pied, tant le bas est étroit, et ensuite supporter cette sensation d'être prisonnière du tissu. Une torture, alors que jean est supposé rimer avec confort.

Je fais un pas en arrière pour m'observer dans le miroir.

Effectivement, la forme donne l'illusion de la longueur. Le jean recouvre presque les malléoles, ces boules qu'on a à l'extérieur et à l'intérieur des chevilles. Mais je n'ai pas changé d'avis : c'est moche. J'ai l'impression de ressembler à une carotte bleue. Il y a certains principes sur lesquels je ne veux pas m'asseoir pour quelques centimètres.

– C'est non, dis-je à maman.

Et je quitte la zone des cabines sans même un regard pour la vendeuse au chewing-gum.

Chou blanc, ça vaut toujours mieux que carotte bleue.

9

Niveaux de créativité

Souvent, la taille de la tête est proportionnelle à celle du buste. Non, nous n'avons pas tous la tête de la même taille. Il suffit d'observer attentivement n'importe quelle photo de groupe pour s'en rendre compte. Sur les silhouettes que Charlotte et moi avons découpées, je colle d'autres têtes, de tailles variables. De grosses têtes au-dessus de petits corps ; des têtes minuscules au-dessus de corps longs. Miracle : avec la triple épaisseur de papier, les visages semblent s'approcher, et notre composition s'animer. Nous avons mis de la vie sur notre feuille avec un tube de colle et des lambeaux de pages de magazines. Nous n'en revenons pas.

Mais pourquoi pas, après tout ? Rembrandt l'avait bien fait avec une toile et de la peinture à l'huile il y a trois cent soixante-dix ans.

Charlotte est ébahie :

– C'est la première fois de ma vie qu'en cours d'arts plastiques, une réalisation correspond à l'idée que j'en avais.

C'est sûr qu'en dessin, Charlotte n'est pas exactement la plus douée. Même pour les illustrations les plus simples, ce qu'elle représente ne ressemble à rien – ou plutôt, ressemble à tout autre chose. Si elle décide de dessiner un chien, un lapin prend vie sur sa feuille. Si elle se lance dans un portrait, elle produit un visage que même les plus grands peintres cubistes renieraient.

Nous posons devant notre œuvre et immortalisons l'instant avec mon téléphone. La photo devient immédiatement mon fond d'écran. Je crois que je peux dire que je suis fière de notre travail.

Chaque binôme reste discret sur son dossier, mais nous parvenons tout de même à obtenir quelques infos.

Sur *La Laitière*, au moins deux groupes ont eu la même idée : reconstituer le tableau avec des étiquettes de yaourts. Bonjour l'originalité ! Je sais que Claire et Daphné préparent une version du *Portrait d'une petite fille en bleu* de Jan Cornelisz Verspronck dans laquelle la robe de la petite fille sera... rouge. Pas certain que ce soit un niveau de créativité suffisant aux yeux de Velin.

Les jumelles Tran ont choisi *La Plume flottante* de Melchior d'Hondecoeter, un tableau qui représente uniquement des oiseaux, paons, canards, et un immense pélican. Je me demande bien comment elles vont l'interpréter.

– En canard laqué peut-être ? glousse Charlotte.

– Le canard laqué c'est chinois, pas vietnamien, non ? rigolé-je en retour.

N'empêche, ce serait amusant qu'un groupe soit assez fou pour convertir un tableau en plat. La gastronomie n'est-elle pas d'une certaine façon de l'art – éphémère, mais de l'art quand même ?

Comme personne n'a voulu se mettre ni avec Michaël ni avec Justine, ils se retrouvent ensemble. C'est le problème des intellos : à se croire en permanence au-dessus des autres, ils finissent par rester tout seuls. Ils se sont rabattus sur *Le Syndic de la guilde des drapiers*, le seul tableau qui n'avait pas été pris. Et le moins amusant, de mon point de vue : Rembrandt, car cette toile est de lui aussi, n'est pas toujours aussi inspiré que pour *La Ronde de nuit*.

Tant pis pour eux ! Les arts plastiques sont, avec la musique et l'éducation physique et sportive, une matière qui amène un peu de justice au collège. Il n'y a plus de premiers ni de derniers dans ce cours : à chaque nouveau travail que Velin nous donne à faire, nous nous alignons tous à égalité sur la ligne de départ.

Avec aux pieds la même paire de baskets.

Et ça n'est pas un mal.

10
L'art vivant

Vingt ! Nous avons eu vingt sur vingt à notre dossier sur *La Ronde de nuit* ! Je n'en reviens pas. Notre travail est le meilleur. Monsieur Velin nous a même déclaré en nous le rendant que c'était la première fois de sa carrière qu'il mettait un vingt.

– J'ai été impressionné par votre créativité. Vous avez su faire preuve d'une modernité exemplaire tout en conservant les codes de l'œuvre originale – et notamment le fameux clair-obscur de Rembrandt. C'est du très bon travail, mesdemoiselles, bravo.

Velin ne m'a pas toujours dit ça. L'an dernier, en décembre, il nous a donné un exposé à faire. Sujet :

présenter un artiste contemporain. La même semaine, Danielle nous avait fait faire une composition avec une paire de bottines, des boules de Noël, des bougies et des miroirs. Une nature morte tout en reflets et jeux de lumière. J'étais particulièrement fière de mon résultat à moi. Un instant, j'ai pensé montrer mon œuvre à Velin pour qu'il me donne son avis de spécialiste.

Le devoir était à rendre début janvier, au retour des vacances scolaires. Le soir du réveillon, je ne savais toujours pas sur qui j'allais travailler. Je me suis un peu lamentée après les huîtres, avec l'espoir que quelqu'un autour de la table me soufflerait une idée lumineuse.

– C'est toi l'artiste contemporain ! a lancé mon oncle Richard tandis que ma grand-mère déposait entre les couronnes de houx et les sujets rescapés des bûches des précédents Noëls deux terrines, l'une de saumon et l'autre de foie gras.

Mon oncle Richard dessine à ses heures perdues, et il ne manque jamais de jeter un œil à mes dernières productions quand il vient me voir.

– Pourquoi ne ferais-tu pas de toi le sujet de ton exposé ? a-t-il suggéré.

Il ne plaisantait pas.

– Je n'oserais jamais, ai-je affirmé avant même d'y avoir réfléchi. C'est hyper prétentieux !

– Ou alors c'est une occasion géniale, a rétorqué mon oncle. Qu'est-ce qu'un artiste contemporain, selon toi ? Quelle en est ta définition ?

Les regards de toute la tablée étaient à présent tournés vers moi. Mon cousin Florent, assis à ma droite, en a profité pour me chiper mes œufs de saumon, qui avaient roulé hors de mon assiette sous le coup de poignet un peu trop énergique de ma grand-mère.

– Eh bien... quelqu'un qui fait de l'art et qui est vivant, ai-je répondu en donnant un coup de coude à mon cousin. Mais moi, ce n'est pas de l'art que je fais, ai-je ajouté pour gagner du temps. Je prends juste des cours de dessin.

– Qu'est-ce que l'art, Marion ?

Ça faisait longtemps que mon estomac m'envoyait des signaux d'alarme quand sont apparus sur la table les marrons glacés et les clémentines confites. Mais je ne les entendais pas : j'étais en train de mettre au point mon idée. J'allais présenter mes dessins préférés en faisant passer mon cousin Florent pour leur auteur. Je tenais mon exposé. Ce serait prêt en un rien de temps, Velin jugerait mes réalisations, et surtout je pourrais me vanter d'avoir, moi, rencontré l'artiste. Tout le monde ne pourrait pas en dire autant.

Je me suis auto-interviewée, j'ai pris quelques photos de Florent, et j'ai sélectionné plusieurs pastels que j'ai scannés. J'ai mis mon préféré, la composition de Noël, en couverture du dossier.

– C'est pas toi qui as fait ça.

Justine, assise devant moi, venait de se retourner. Son nom de famille est Bourreau. Justine Bourreau, la peste intello. Il n'y a pas de hasard.

– Non, ai-je répondu.

Je n'avais pas le choix. Il fallait bien que je sois cohérente. Si je me trahissais, je n'aurais rien à rendre à Velin.

Ce n'est qu'à ce moment-là que j'ai réalisé que la phrase de Justine n'était pas une question. Elle ne pouvait pas imaginer une seule seconde que je savais dessiner. Que j'étais capable de produire de jolies choses.

Je me suis sentie humiliée, j'étais prisonnière de mon mensonge et, pour couronner le tout, Velin m'a dit que j'aurais pu trouver mieux qu'un « artiste » de quatorze ans. Artiste avec des guillemets. Je les ai entendus à son ton, les guillemets. Il m'a mis la moyenne. Un ridicule dix qui m'est resté planté dans le cœur, écornant ma fierté au passage.

Alors ce vingt... Je suis aussi heureuse que si cette note conditionnait mon séjour à Amsterdam. Ce qui n'est bien sûr pas le cas. En réalité, ça fait des semaines que la classe est en ébullition et fait mille projets pour ces trois jours. C'est que beaucoup d'entre nous ne sont jamais partis à l'étranger et personne, à part Thomas et Justine, n'a encore mis les pieds aux Pays-Bas.

Mon sac est prêt depuis dix jours. Charlotte est venue chez moi un samedi et nous l'avons rempli ensemble (samedi dernier, c'est moi qui suis allée chez elle pour faire le sien). Jim me manque plus que jamais. Je n'ai pas encore pu me résoudre à l'éloigner de moi, alors il reste sagement dans mon armoire, retenu par les pinces de son cintre.

– On pourra en faire un pantacourt pour cet été, m'a proposé maman.

Je ne suis pas contre l'idée, mais ça ne sera pas pareil. Et puis, si maman a précisé « pour cet été », c'est parce que je sais bien qu'elle m'interdira d'aller au collège avec un jean coupé.

Et moi, il n'y a que le collège qui m'intéresse.

11

Au train où vont les choses

Dans mes rêves les plus fous, j'ai fait pression sur Velin, Charpentier, et même le principal du collège, pour que la classe de Grégory parte à Amsterdam avec la nôtre. En avançant un argument-choc : réunir deux Cinquièmes pour un voyage scolaire, cela enlève bien des appréhensions quant à l'entrée en Quatrième, qui, avec la deuxième langue vivante, amènera une redistribution des cartes.

Dans mes rêves les plus fous, j'ai obtenu l'appui de Charlotte et de Sofiane, nos délégués de classe – Sofiane est nul mais hyper populaire, et il ne ménage pas ses efforts quand il s'agit de défendre ses camarades contre les adultes, ces humains qui ne vivent pas dans le même monde que nous alors qu'ils étaient à notre place il y a peu –, et ensemble nous avons convaincu tout le monde ; les profs m'ont même félicitée pour mon initiative.

Dans mes rêves les plus fous, Jim me va toujours comme un gant, et c'est avec lui que je pose le pied à l'entrée d'un quai de gare devenu podium. À l'autre bout, Grégory m'attend à côté d'une valise à roulettes. Tout sourire, il me tend la main pour m'inviter à grimper avec lui dans le wagon…

La réalité est toujours différente des rêves. Très différente, même. Mais parfois un miracle se produit. En ce matin de départ, Jim ne s'est pas rallongé, on aperçoit sans doute mes chaussettes à chaque pas et le quai est bondé mais Grégory est là.

GRÉGORY EST LA !

Il n'a pas de valise à roulettes mais un sac en toile posé à ses pieds, il ne m'attend pas en souriant mais il discute avec ses copains – il n'empêche : il est sur le quai, et il va visiblement monter dans le même train que moi.

– Pourquoi vous ne nous avez pas dit qu'on partait à deux classes, m'sieur ? interroge Sofiane.

– Ça aurait changé quelque chose ? demande le prof en retour.

Oui. Tout. Voilà ce que j'ai envie de lui dire.

Sur le quai, il y a aussi Charlotte, qui m'adresse cinquante clins d'œil d'affilée.

– On va mettre au point un code, me propose-t-elle pendant que je lui fais la bise. Quand je clignerai deux fois des yeux de façon appuyée, ça voudra dire qu'il est juste là, d'accord ?

Je suis d'accord. Et euphorique : je vais passer les trois jours les plus merveilleux de ma vie.

Et il y a un autre miracle :

– Mes parents m'ont offert mon cadeau d'anniversaire en avance hier soir, m'annonce ma meilleure amie. L'appareil photo que je voulais. Je vais faire un reportage, et en rentrant je réaliserai un petit journal.

L'appareil photo que Charlotte voulait a un super zoom, bien plus puissant que ceux de nos téléphones portables. Je vais avoir des photos haute définition de Grégory !

Avant cela, nous allons pouvoir faire connaissance en terrain neutre, sans craindre d'entendre retentir la sonnerie de fin de recréation... et peut-être même dès le trajet – nous attendent plus de trois heures de train, il faut bien ça pour traverser la moitié de la France, la Belgique et la Hollande dans une bonne partie de sa hauteur. À la descente, nous ne serons plus deux Cinquièmes mais un seul et unique groupe, complice et déterminé à passer trois jours mémorables dans l'autre pays du fromage.

Nous choisissons librement nos places dans le wagon qui nous est réservé. Greg est loin de moi, mais dans mon champ de vision. C'est tout ce que je demande.

Ne serait-ce pas follement romantique de pouvoir dire à nos enfants, un jour, que tout a commencé à Amsterdam ?

12

Le hollandais sans peine

À première vue, *Amsterdam Centraal* ressemble à n'importe quelle autre gare. Mais les panneaux interdisent tout doute : on a bel et bien changé de pays. Le néerlandais me paraît être une langue assez barbare : tous ces *g* et ces *h*, ces *w* et ces *z*, ces *k* et ces *j*, ces voyelles doublées (pour quoi faire ??)...

La ville nous souhaite la bienvenue avec un ciel d'un bleu franc sur lequel se détachent les façades couleur brique. Deux tramways bleu et blanc se croisent dans un crissement de rails avant de disparaître de part et d'autre d'un pont. Je fais le plein de sensations inédites tout en m'arrangeant pour toujours garder un œil sur Grégory.

Nous mettons nos sacs dans la soute et grimpons dans le car rose vif qui nous attend à quelques mètres de la gare. Des dizaines et des dizaines de vélos sont alignés là. Alignés mais aussi empilés : reposant à moitié sur le quai et à moitié sur des pilotis émergeant du canal, un parking les accueille sur trois niveaux. Un parking avec des emplacements, des grilles et des rampes, comme n'importe quel parking pour voitures – sauf que n'y sont garés que des vélos, le moyen de transport roi ici. La *petite reine*, c'est d'ailleurs comme ça qu'est surnommée la bicyclette. Je me demande comment les Amstellodamois (oui, c'est comme ça qu'on appelle les habitants d'Amsterdam) font pour retrouver leur deux-roues dans ce bazar. Dans le parking du centre commercial, mes parents ont déjà des difficultés à retrouver la place numérotée sur laquelle ils ont laissé la voiture une fois sur deux...

Et des vélos, il y en a encore, comme je le constate lorsque le car démarre, partout où mon regard peut se poser : attachés aux poteaux, aux bancs, aux rambardes des ponts, et même les uns aux autres. Il y a d'ailleurs des cyclistes partout. Les voitures, en revanche, se font presque rares.

Moi, je n'ose plus le regarder. Je suis comme paralysée du côté gauche. Pas question de seulement me tourner vers lui. Mon cerveau en surchauffe ne trouve aucun sujet de discussion digne de ce nom. Et je me refuse à évoquer une nouvelle fois l'épisode de la purée.

Il ne me reste que les croquettes. Une des spécialités du pays, nous a affirmé Charpentier. Et un régal tout en friture.

Des croquettes qui, alors que Grégory ne s'est jamais trouvé aussi près de moi, qu'il ne semble animé d'aucune mauvaise intention à mon égard, qu'il me lance régulièrement des œillades que j'imagine interrogatives (à moins qu'elles ne soient totalement méprisantes ?), que je ne sais faire rien d'autre que rester muette, s'agrémentent d'une amertume dont je me serais bien passée.

Je suis en train de rater l'occasion de ma vie.

Et Charlotte immortalise ce fiasco.

13

Vivre à moitié

Une fois le déjeuner avalé, nous partons à pied visiter la maison d'Anne Frank. Nous avons étudié son *Journal* en CM1. C'était il y a une éternité, au temps de l'insouciance et des pantalons normaux, et pourtant j'ai gardé son histoire en mémoire. De confession juive, Anne est restée cachée deux ans avant d'être dénoncée et déportée. S'adressant à « Kitty », son amie imaginaire, elle a tout relaté dans un petit carnet à carreaux rouges et blancs. Elle est morte du typhus à quinze ans. Son père, seul survivant de cette tragédie parmi les membres de la famille, a fait publier son journal après la fin de la guerre.

Située au bord d'un canal, la maison où elle a vécu a été sauvée de la démolition et transformée en musée. À la lecture de son journal, je me suis fait des images très précises de sa cachette et de la bibliothèque qu'il fallait déplacer pour y accéder.

La clandestinité d'Anne Frank a démarré juste après son treizième anniversaire. Tu parles d'un cadeau ! Dans notre classe, certains ont déjà treize ans. Je déglutis avec peine : treize et quatorze ans sont des âges qu'Anne n'a connus qu'ici, prisonnière de cette Annexe.

Le groupe est à nouveau divisé en deux classes.

– Pour que ça fasse moins troupeau, souligne Velin sans que personne n'ose faire le bruit de la vache.

La visite a quelque chose de solennel. Même Sofiane, pour une fois, se tient à carreau. Les escaliers sont raides, les pièces exiguës. La sensation d'enfermement et d'angoisse est omniprésente. Et le carnet original est là. Anne a totalement réécrit son journal après avoir entendu à la radio qu'on cherchait à publier des témoignages sur la guerre. Elle rêvait d'être écrivain. Son père n'en savait rien. C'est lui qui lui a offert le carnet pour ses treize ans.

autant d'émotions aujourd'hui lorsque j'ai posé le pied sur la moquette de ma chambre, en France, au saut du lit ce matin.

Penser que c'est véritablement ici qu'Anne et sa famille se sont cachées me procure à présent un sentiment étrange que je tente d'identifier.

– De la tristesse ? me demande Charlotte à qui j'en fais part.

Elle non plus n'a pas oublié ce récit hors du commun. Personne de la classe, en réalité.

– Pas tout à fait. De la gravité, plutôt.

Le lieu a été ouvert au public en 1960. Moins de seize ans après la mort de l'adolescente. « Tous ses espoirs sont nos possibilités. » C'est sur cette phrase d'une actrice américaine au sujet d'Anne que se termine la visite. Je sens ma gorge se nouer. À partir du moment où des gens de votre âge sont morts sans le vouloir, on n'a pas le droit de ne vivre qu'à moitié.

Et c'est une sacrée leçon.

Nous défilons devant le livre d'or.

– Vous pouvez laisser un message, indique Velin. Mais il n'y a pas d'obligation. Chacun réagit comme il veut à ce que nous venons de voir ensemble.

Je fais un pas de côté de façon à laisser passer tout le monde. Je prends le stylo que me tend Charlotte et je ferme la marche. « Nous sommes tous et toutes des Anne Frank car Anne Frank est en chacun et en chacune de nous », inscris-je en m'appliquant. Je jette un œil aux commentaires laissés par mes camarades : tous sont sérieux. Personne n'est d'humeur à plaisanter dans un moment comme ça.

Et moi, j'en ai même oublié de chercher un message signé « Grégory » parmi eux.

À la boutique, je suis tentée par un DVD de l'histoire d'Anne mais je me décide finalement pour un livre avec des photos d'elle et de l'Annexe qui raconte aussi l'emprisonnement de l'adolescente et de sa sœur Margot au camp de Bergen-Belsen après leur arrestation.

Nous reformons notre grand groupe. J'ai repéré Greg dès la sortie de la maison-musée, mais j'ai décidé de revoir mes priorités. Je suis ici pour profiter d'Amsterdam et m'amuser avec Charlotte. Je suis ici pour apprendre des choses et grandir un peu (mais au figuré, seulement – pitié !). Le reste peut attendre.

Nous rentrons en longeant le Singel, un des principaux canaux de la ville. J'observe les gens. Il y en a des grands, des très grands même, mais pas seulement. Il y en a des blonds, aussi blonds que je suis brune, avec des cheveux presque blancs parfois tellement ils sont clairs, mais pas seulement. Je réalise qu'un peuple, une nationalité ne peut se résumer à des stéréotypes physiques.

– Nous allons faire une halte au marché aux fleurs, annonce madame Charpentier.

– Et les garçons vont faire quoi, pendant ce temps ? demande Michaël.

– Détrompe-toi Michaël, je pense que tu vas adorer ça, comme tous les garçons ici, affirme Velin. Et c'est un des marchés aux fleurs les plus célèbres d'Europe, on ne peut pas le manquer !

À parcourir les rues, nous avons pu identifier quelques bricoles typiquement hollandaises. Parmi elles, les sabots de bois, vendus bruts ou peints – qui servent d'objets de décoration, parce qu'aux pieds les Hollandais, en ville du moins, portent des baskets ou des chaussures classiques. Les reproductions de moulins, souvent un peu kitsch. La porcelaine de Delft, reconnaissable à ses motifs bleus. Les drapeaux rayés de bleu, de blanc et de rouge – mais à l'horizontale. Des souvenirs à l'effigie de la blonde famille royale

– les Pays-Bas sont une monarchie. Côté douceurs, des *Stroopwafels*, mincissimes mais succulentes gaufres au sirop que Velin nous fait goûter. Les fromages de toutes sortes, bien sûr, avec de préférence des couleurs vives et l'apparence de morceaux de plastique.

Et les tulipes. Elles sont partout. Plantées, coupées, fraîches ou en bois, dessinées ou vendues en bulbes dans un bol...

Ce que Velin s'est bien gardé de nous révéler, c'est pourquoi le *Bloemenmarkt* est si réputé : les promeneurs achètent les fleurs depuis la berge mais les étals, eux, sont tous installés... sur des péniches.

– À l'origine, les fleurs arrivaient par bateau, explique madame Charpentier. Aujourd'hui, elles sont livrées par camion mais la tradition du marché flottant a été conservée.

C'est vraiment impressionnant. Il y a là toutes les variétés de fleurs et de plantes imaginables, à tous les stades de pousse, de l'oignon ou la graine à la plante en pot. J'en prends plein la vue et le nez. Roses, narcisses, jacinthes, tournesols, lys, géraniums, cyprès, cactus... et des tulipes, évidemment. Blanches, beiges, jaunes, orange, rouges, roses, violettes, bordeaux, bicolores...

Leur splendeur vient de leur nombre. Je comprends que les Hollandais soient, pour reprendre le terme de Velin, gagas de leur fleur fétiche. À Amsterdam, il y a même un musée de la *tulp* !

– Nous sommes à la saison idéale, commente le prof d'arts plastiques. Mais je suis venu ici en plein mois de décembre et ça n'était pas mal non plus : à la place des tulipes, il y avait des sapins de Noël de toutes les formes, de toutes les tailles, et parfois décorés de façon très originale !

Les couleurs et les odeurs des végétaux, ainsi que la part de gâteau à la carotte nappé de crème ultra sucrée que Charlotte et moi nous partageons en guise de goûter – il n'y avait sans doute pas mieux pour revenir à la vie après avoir honoré la mémoire d'Anne Frank.

14

L'art n'est pas la vraie vie

Nous avons passé une bonne soirée. Loin du collège, Jacqueline et Bernadette se lâchent enfin un peu. À l'extinction des feux, Charlotte et moi avons lancé le plan *lampe de poche*, comme chaque fois que nous dormons l'une chez l'autre. Les jumelles ont suivi et nous avons papoté de garçons et d'autres sujets capitaux pendant près d'une heure. Bernadette a avoué une certaine attirance pour Michaël. Tout en l'évoquant à demi-mots, je me suis bien gardée de nommer Grégory. Les deux sœurs sont discrètes mais on n'est jamais trop prudent : je ne veux pas courir le risque que l'une d'elles vende la mèche.

Charlotte m'a montré les photos qu'elle a prises de lui. Je le trouve moins beau qu'avant. Nous ne nous sommes pas adressé la parole depuis le premier déjeuner. Je me demande si je ne lui ai pas prêté un peu trop de qualités. Est-ce qu'on peut vraiment se faire une idée de quelqu'un sans le connaître ?

Et là, alors qu'il marche à seulement quelques mètres de moi, je suis bien forcée d'admettre qu'il ne me fait plus le même effet. C'est presque un collégien comme un autre. De toute façon, aujourd'hui mon esprit est tout à un autre homme : Rembrandt. Je m'en étonne mais c'est ainsi : je suis hyper impatiente de visiter le musée et d'admirer *La Ronde de nuit*.

À l'auberge, on nous a distribué des pique-niques. Il fait un grand soleil. Une longue et belle journée s'annonce.

En chemin, nous nous amusons des décorations plus fantasques les unes que les autres des vélos que nous voyons, garés ou en mouvement, et du orange, la couleur nationale, qu'il y a un peu partout. Nous traversons pas moins de six canaux. C'est à se demander comment fait la ville pour ne pas couler avec autant d'eau de tous les côtés.

Et soudain, je me fige.

Je le vois, ça y est. Le Rijksmuseum, ce musée dont la moitié de la classe n'arrive ni à prononcer ni à orthographier correctement le nom. Il se reflète dans l'eau couleur du ciel et je crois voir un paquebot. Non, pas un paquebot, c'est bien plus élégant. Un vaisseau. C'est ça, un vaisseau qui a traversé les décennies jusqu'à moi avec à son bord des chefs-d'œuvre. Et parmi eux, *La Ronde de nuit*.

La queue qui fait râler les autres m'importe peu. Dans le lumineux hall, les instructions des profs entrent dans mon oreille droite et ressortent aussitôt par la gauche. C'est à peine si je remarque tous ces groupes avec leur signe distinctif, ici des casquettes jaunes, là un parapluie à pois, là encore une grande étiquette « Neuravensburg » collée sur chaque sac à dos.

Grégory n'existe plus.

Mais mon enthousiasme s'effrite au fil de la visite. Le bâtiment est immense, les salles s'enchaînent, mon impatience se transforme progressivement en lassitude. Plus je piétine, moins je comprends le saisissement que j'ai ressenti à l'extérieur du musée : qu'espéré-je au juste de ma rencontre grandeur nature avec ce tableau ? Une œuvre d'art n'est pas une personne. L'art n'est pas la vraie vie. Une toile ne peut résoudre des problèmes aussi terre à terre que se faire aimer d'un garçon ou trouver des jeans de la bonne longueur.

L'art permet de passer à la postérité, mais l'art ne peut rien pour le présent.

La Laitière de Vermeer, minuscule dans son cadre épais, se révèle décevante, tout comme les toiles de Van Gogh. Seuls les paysages d'hiver d'Avercamp, la bibliothèque du musée, dont les rayonnages s'étirent sur quatre niveaux, et les maisons de poupées, hautes de deux mètres, étonnantes de finesse et avec lesquelles je me demande si une seule petite fille a un jour seulement joué, trouvent grâce à mes yeux.

Le bâtiment en impose, avec son mélange d'éléments de styles gothique et Renaissance. La lumière des galeries est filtrée par de hauts vitraux colorés. Madame Charpentier nous explique que la construction du musée a fait l'objet d'un concours, remporté par l'architecte à qui l'on doit également la gare centrale d'Amsterdam. Je n'écoute plus que d'une oreille.

Nous finissons par y arriver. Nous poussons les portes de verre du grand hall du deuxième étage, remontons la galerie d'honneur aux colonnes colorées, aux voûtes majestueuses percées de lumière et au parquet blond, et nous nous dirigeons droit devant comme un seul homme.

Je sais qu'elle est là, je l'ai repérée sur le plan, cependant c'est comme si je l'avais sentie avant de vraiment l'approcher. Je la distingue au bout et je sens mon cœur qui s'affole. D'un coup, mes cinq sens sont à nouveau en éveil.

La « salle de *La Ronde de nuit* ».

Le cocon du chef-d'œuvre depuis que le bâtiment est devenu musée en 1885. Un cocon embelli encore davantage par une rénovation longue de dix ans.

Je décide de laisser ce qu'il reste de mon désenchantement à l'entrée de la pièce pour profiter au maximum de la situation.

Naturellement, il y a du monde. Le tableau est la principale attraction du Rijks, le petit nom du musée. Certains visiteurs ont parcouru la moitié du globe pour venir l'admirer – ce groupe de Japonais, là, par exemple. Il va falloir patienter avant d'arriver aux premières loges, avant que mon jean ne touche le cordon noir au-delà duquel on ne peut avancer afin de respecter les autres contemplateurs mais surtout la toile. La ligne de courtoisie. Je ne suis pas pressée. Maintenant que je sais que je vais l'approcher, j'ai tout mon temps.

J'en profite pour regarder autour de moi. La salle est monumentale. Les murs et le sol sont d'une teinte bleu-gris à la fois sobre et chic qui met parfaitement les tableaux en valeur. Deux doubles bancs se font face, sur lesquels des touristes fatigués se reposent. C'est extrêmement bruyant. On se croirait dans une gare plutôt que dans un musée.

Font le pied de grue de part et d'autre du tableau deux surveillants, un homme et une femme. Ils sont vêtus aux couleurs des lieux : costumes anthracite portant l'inscription « Rijksmuseum » sur les manches, chemises blanches au logo du musée, cravate ou foulard imprimés de reproductions d'œuvres emblématiques. Ils scrutent les gestes et lancent, à intervalles réguliers, des « *No flash, please* ». Parmi les explications données par des guides s'exprimant dans toutes les langues, je trouve la confirmation de ce que je sais déjà, et j'enregistre des informations nouvelles – comme le fait que la toile, trop grande pour l'atelier du peintre, a été exécutée sous un appentis dans le jardin de Sint Antoniesbreestraat, l'adresse de Rembrandt dans le centre d'Amsterdam.

La pièce est baignée de la lumière de la grande verrière qui fait office de plafond. Ici, pas d'éclairage artificiel comme dans les autres salles. Deux hautes colonnes en marbre surmontées de statues encadrent le tableau. Au-dessus, dans la frise peinte, le nom de Rembrandt s'affiche en lettres d'or. Capitales. Majuscules. Des lettres qui à elles seules disent la fierté d'un pays depuis tant de générations.

Et j'y suis. Moi, toute petite, face au tableau monumental. Le *grand* œuvre de Rembrandt. Nous voici en tête à tête. J'ai tellement attendu ce moment !

Après avoir considéré la toile dans son ensemble, je me laisse absorber par ses dimensions impressionnantes. Je franchis le sobre cadre de bois sombre, je plonge à l'intérieur, je fouille chaque recoin. Je suis dans cette rue, je me promène entre ces gens, les miliciens et les autres, je joue avec ces enfants, je les touche des yeux. Ils parlent une langue que je comprends. Nous communiquons. Je ris avec eux. Ils rient avec moi. Je m'amuse avec la petite fille un peu en retrait, déjà si déterminée du haut de ses huit ans ; elle semble savoir précisément ce qu'elle voudra faire de sa vie. Sera-t-elle écrivain comme Anne Frank ? Peintre comme Rembrandt ? Ou musicienne ? Comédienne ? Je l'imagine sur la scène d'un théâtre. Les vocations artistiques éclosent *a priori* plus précocement que les autres. Les vocations artistiques – et celles de métiers qui aident les autres. Médecins. Infirmiers. Vétérinaires. Professeurs. Qui les aident, ou qui les sauvent.

J'entends même la musique, et je sens la poudre qui s'échappe des canons des fusils. Le bruit du musée a totalement disparu.

Je reçois chaque élément avec précision, comme si j'étais dotée de capteurs ultrasensibles. Les noms des dix-huit membres de la compagnie de Frans Banning Cocq et Willem van Ruytenburch sont là, inscrits sur l'écusson, dans la partie haute de la toile. Il faut connaître l'histoire de l'œuvre pour pouvoir les distinguer. La touriste japonaise qui se tient debout à côté de moi ne doit rien admirer d'autre qu'un tableau du XVIIe siècle chargé de détails.

J'ai l'impression de détenir la clé d'un mystère connu seulement de Rembrandt et moi.

Il y a sur la toile tant de jeux d'ombre et de lumière qu'il est évident que la scène se déroule en pleine journée. Le capitaine de la compagnie est représenté au premier plan, pourtant ce sont les deux personnages en jaune qui explosent : la fillette à sa droite, et surtout le lieutenant à sa gauche. La fillette arbore à la ceinture une bourse dorée et un pistolet que masque un poulet mort, accroché par les pattes. Elle irradie. Il semblerait qu'elle soit inspirée de Saskia, l'épouse de Rembrandt morte l'année de l'achèvement du tableau. Quant au lieutenant Willem – je n'en crois pas mes yeux. Ses habits dorés paraissent avoir du volume. De l'épaisseur. Qu'il s'agisse du tissu bleu et or de son col ou du pommeau de son épée, je parviens à imaginer leur texture. Je m'accroupis, je me redresse, je tourne autour des personnages pour voir comment la lumière change, je passe même de l'autre côté des colonnes pour vérifier l'absence de relief. Je meurs d'envie de toucher le vernis. Mais il y a les gardiens, la ligne de courtoisie – et ma bonne éducation. J'ai beau le savoir, je n'arrive plus à croire que le tableau a seulement deux dimensions. Le cordon du col du lieutenant semble réellement avoir été collé sur la toile. Pas de doute, sa ceinture blanche est faite de tissu, son col de métal, son chapeau de plumes véritables.

Hormis le lieutenant, tout le reste est peinture. Mais même le noir de l'habit du capitaine a de l'épaisseur. Et il y a du mouvement. Saskia paraît prête à courir avec le jeune milicien qui se faufile derrière la canne du capitaine. J'ai la très nette impression qu'il se passe des choses dans le tableau pendant que je l'observe. Que les personnages ne sont plus exactement à la même place que lorsque je suis entrée dans la salle. D'ailleurs, quelque chose bouge dans la barbe d'un milicien, dans la partie droite de l'œuvre... Ah, ce n'est qu'une mouche. L'insecte me fait peu à peu reprendre mes esprits. Je reviens parmi les élèves de ma classe, dans la salle la plus importante d'un bruyant musée d'État.

Je suis sortie du tableau. Ce n'est plus une rue, avec son trottoir, son passage voûté à l'arrière-plan, c'est une composition réalisée sur une toile de grand format. Dans le coin droit, en bas, à côté du chien, subsistent des traces de vandalisme. Qui peut bien avoir voulu détruire un tel chef-d'œuvre ?

– On se rassemble, on va aller voir la salle des sculptures qui est située juste derrière, annonce Velin.

Le rêve est terminé. La bulle a éclaté. Retour à la réalité.

15

Clins d'œil

Je profite que le groupe avance pour me poster pile en face du tableau et l'embrasser une dernière fois du regard.

Mes sens s'ouvrent à nouveau au reste du monde. Et je ressens une présence, immobile, derrière moi. Je me retourne. Grégory se tient là, comme aimanté par la toile.

– C'est vraiment incroyable, dit-il sans détacher son regard de l'œuvre.

C'est visiblement à moi qu'il s'adresse : le reste du groupe a disparu à la suite de Velin et Charpentier.

– Tu t'intéresses à *La Ronde de nuit* ? demandé-je, un peu incrédule.

– C'est mon tableau préféré. J'en ai une reproduction au mur de ma chambre. C'est toi qui as fait le dossier dessus avec Velin, dans ta classe ?

Cette fois, les yeux de Grégory ont quitté le tableau pour se poser sur moi.

– Euh... oui. Il vous a parlé de notre dossier et en plus il vous a dit nos noms ? m'étonné-je.

– Non, il a simplement déclaré qu'il avait été fait par deux filles de 5e B.

– Alors comment tu as deviné que c'était moi ?

Grégory hausse les épaules et lâche un petit rire.

– T'es plantée là depuis tout à l'heure et tu sembles aimer ce tableau presque autant que moi...

Qu'il me fixe aussi intensément me met mal à l'aise. Finalement, c'était plus facile quand nous étions côte à côte au déjeuner. Mon regard tombe sur mes chaussures. Pourquoi n'ai-je pas au moins un jean comme allié ?

Je réalise alors que Grégory se tient trop près de moi pour apercevoir mes chaussettes. Peut-être qu'il a remarqué la longueur de mon jean en chemin, peut-être qu'il l'avait déjà remarquée avant le départ, sous le préau, mais à cet instant précis il ne peut rien voir – et de toute façon, c'est dans les yeux qu'il me regarde.

Et pour me regarder, il me regarde. Si j'étais une motte de beurre en train de fondre tranquillement l'autre jour sur ma chaise, à présent je suis une motte de beurre qu'on passe au four à micro-ondes.

– En tout cas, quelle chance ! reprend Greg. Je voulais prendre ce tableau mais plusieurs autres groupes l'avaient choisi avant moi, Velin m'a demandé de trouver autre chose… J'étais dégoûté. J'avais une idée géniale, en plus !

– C'était quoi ? demandé-je.

Je sens que j'ai les joues en feu.

– Je voulais faire « La Ronde de jour ». Une reproduction de l'œuvre mais avec la lumière originale, et en plan plus large. J'aurais prolongé le décor, rajouté des maisons, des fleurs aux fenêtres, de la vie – mais surtout du soleil.

– Donc tu savais que la scène ne se passait pas du tout la nuit ?

– Ben oui, me répond Grégory. Je t'ai dit que c'était mon tableau préféré et que j'en avais une miniature chez moi. On se renseigne, quand même, quand on aime un truc, non ?

Je rougis jusqu'à la racine des cheveux. Le dessus de mon crâne va s'enflammer s'il continue.

– C'est une bonne idée, reconnais-je avec sincérité. Et tu as pris quoi, du coup ?

– *Le Syndic de la guilde des drapiers*, me répond Grégory avec un haussement de sourcils presque dédaigneux. Je l'ai reproduit en collant des morceaux de tissu à l'emplacement des costumes des six types. Et à la place de leur chapeau et de leur fraise, aussi. Pour les costumes, c'étaient des morceaux de drap, histoire de jouer avec le contexte.

– Bonne idée aussi, dis-je – et je le pense encore. Tu étais avec Marc ?

– Yes. Enfin, on s'est réparti les rôles : il a fait les recherches historiques, et moi je me suis occupé de l'interprétation. Il ne s'est pas foulé, d'ailleurs... Mais moi, je préfère travailler tout seul.

Je n'en crois pas mes oreilles : Grégory serait donc mon complément parfait ? Et je n'en crois pas non plus mes yeux : il est aussi beau que je l'ai toujours pensé – du moins, jusqu'au déjeuner de l'autre jour. Encore plus beau, même, si c'est possible.

– Dommage qu'on n'ait pas bossé ensemble : entre mes recherches et tes idées, on aurait cartonné !

C'est moi qui viens d'oser dire ça, vraiment ?

n'y a plus aucun visiteur admiratif, plus aucun guide enflammé. Plus personne n'existe autour de moi.

Autour de nous.

Rembrandt, Grégory et moi.

Je suis certaine d'avoir reçu du peintre un clin d'œil en retour.

Tout comme je suis certaine que Grégory a serré ma main un peu plus fort, à cette seconde-là.

– Entre ça et Anne Frank, on relativise pas mal de trucs ces jours-ci, pas vrai ? me demande-t-il en se tournant vers moi.

L'épisode de la purée n'a jamais eu lieu.

– Tu voudras bien me montrer votre dossier, quand on sera rentrés au collège ? me demande-t-il encore tandis que nous courons retrouver nos classes. Velin a dit que vous aviez bien mérité votre vingt.

Je hoche la tête. C'est peut-être trois visages supplémentaires plutôt que deux, que j'y collerai.

Grégory retrouve Marc et je rejoins Charlotte au milieu des sculptures.

L'art n'est pas la vraie vie, d'accord ; mais contrairement à ce que je croyais, l'art peut changer le présent.

16

Différentes facettes

Au matin du troisième jour, lorsque madame Charpentier frappe à la porte pour nous réveiller, trois têtes froissées émergent des draps. Charlotte, Bernadette et moi nous levons en grognant pour la forme. J'ai eu une nuit agitée, au cours de laquelle je n'ai cessé de revivre la scène incroyable de cette ronde en pleine ville et ce qui s'est passé avec Grégory devant le tableau.

Jacqueline, elle, est toujours profondément endormie. Encore à moitié dans mon rêve peuplé de peintres flamands, de mousquetaires arpentant des rues plus ou moins sombres, et de surprises au creux de ma main gauche, je l'appelle doucement :

– Jacqueline ! Jacqueline !

Bernadette s'écrie alors d'une voix ferme :

– Ái Vân !

Sa sœur se redresse aussitôt.

– Eh bien, tu n'as pas entendu madame Charpentier toquer ? On n'est pas là pour faire la grasse matinée !

Nous n'avons plus que quelques heures à passer ici : nous reprenons le train en milieu d'après-midi. Au programme de cette journée raccourcie : un tour en péniche sur les canaux de la ville, la visite d'un diamantaire, et du shopping.

Au petit déjeuner, Grégory m'a adressé un petit signe de la main. Nous partageons un incroyable secret. Cette seule idée m'emplit d'une lumière joyeuse, alors même que le ciel est plutôt gris.

Nous embarquons juste derrière l'auberge. J'essaye de m'asseoir à côté de Jacqueline mais Bernadette est plus rapide. Je m'installe avec Charlotte. Elle me bombarde de questions depuis hier, mais je parviens à rester silencieuse sur le sujet qui l'intéresse. Je ne veux pas gâcher ce que Grégory et moi avons partagé. De toute façon, si je lui parlais de communion devant une

– Mais… « Jacqueline », alors, qu'est-ce que c'est ?

D'une toute petite voix et toujours en baissant la tête, Jacqueline me raconte qu'à leur arrivée en France, quand les jumelles avaient trois ans, leurs parents ont décidé de leur donner un prénom français pour faciliter leur intégration. C'est ainsi qu'Ái Vân est devenue Jacqueline.

– Et Bernadette ? Comment s'appelait-elle, avant ?

– Hoàng Mai, répond Jacqueline. « Fleur d'abricot jaune », précise-t-elle, anticipant ma question.

Leurs parents ont sans doute voulu bien faire, il n'empêche : rajouter au déracinement l'épreuve d'un changement de prénom, je ne trouve pas ça sympa.

J'observe discrètement Jacqueline. Pour une fois, je crois percevoir un voile de tristesse sur ses yeux. J'ai envie de lui faire une bise ou de lui presser la main pour la remercier de cette confidence et lui signifier mon amitié mais je n'ose pas : les deux sœurs évitent soigneusement les contacts physiques avec les autres élèves. Ça aussi, je crois que c'est culturel.

J'aperçois Bernadette qui revient.

En silence, nous regardons défiler le diaporama qui montre de quelle façon la lumière se réfléchit à l'infini à l'intérieur de la pierre, faisant naître toutes les couleurs de l'arc-en-ciel.

« Fleur d'abricot jaune », je ne sais pas trop, mais « Celle qui aime les nuages », c'est plutôt joli. Et poétique. Il faudrait que je leur demande de traduire « Celle qui aime la peinture flamande » en vietnamien.

17

Les gentilles filles

Le shopping, enfin ! Dans les excursions, c'est toujours le moment que je préfère. J'aime l'idée que mille possibilités s'offrent à moi pour dépenser mon argent de poche. Après nous être arrêtés sur la place Rembrandt, où trônent les reproductions grandeur nature en bronze et en situation des miliciens de *La Ronde de nuit* surveillés par une monumentale statue du peintre en personne, nous avons enfin quartier libre.

– Je voudrais rapporter des tulipes, dis-je à Charlotte. Des oignons à planter dans le jardin, et des fleurs en bois pour ma chambre.

Les jumelles Tran ont disparu dans une échoppe à touristes débordant de sabots, de bols à motifs bleus et d'accessoires clamant « I ♥ Amsterdam ». Quant à Grégory, j'ai perdu sa trace dès que les profs ont donné l'autorisation de dispersion.

– Moi j'ai repéré un super top, déclare Charlotte, je vais l'essayer avant de me décider. Tu m'accompagnes ?

Je poireaute devant les cabines d'essayage. J'aurais préféré ne pas entrer dans une boutique de fringues, mais pour l'expliquer à Charlotte il aurait fallu que je lui avoue mon calvaire vestimentaire, et il n'en est pas question. Il y a certaines choses qui ne se disent pas même à une meilleure amie.

Et puis ça me frappe comme une évidence. Je suis dans un pays de grands. Leurs pantalons sont forcément adaptés à leur morphologie. Et si j'osais ?

– Ne bouge pas, Charlotte, je reviens : j'ai vu un truc que j'ai envie d'essayer, lancé-je en direction du rideau.

Dans un anglais ridicule parsemé de langue des signes imaginaire, je fais comprendre à une vendeuse à crête blonde et rose que je cherche un jean à ma taille. Sans aucune hésitation, elle tire d'une pile un denim

À Amsterdam, nous nous sommes découvert une passion commune. C'est un bon début. Mais prépare-toi, Greg : dès demain tu ne verras que moi dans la cour du collège !

« Pas cher », en fait, est très relatif. Le prix de ce vêtement miraculeux est certes moins élevé que celui de la plupart des jeans qu'on trouve en France, il n'empêche : tout mon argent de poche y est passé. Adieu tulipes, bols, oignons !

Mais ce n'est pas un achat inconsidéré. J'ai bien réfléchi. D'après ma taille actuelle et celle que je faisais à l'âge de deux ans, je devrais grandir encore de cinq centimètres, mais pas plus. Cinq centimètres qui, en toute logique, seront répartis sur l'ensemble de mon corps. Or Jim II traîne par terre de six ou sept centimètres. Donc, même si je prends les derniers centimètres de ma croissance uniquement dans les jambes, il m'ira encore.

Raisonnement imparable, qui valait bien un investissement.

Jim II est *le* jean.

Décidément, je ne suis pas allée à Amsterdam pour rien.

Dans le train qui nous ramenait en France, Charlotte m'a montré ses dernières photos ainsi que le plan du journal qu'elle projette de fabriquer et dont elle a commencé un brouillon dans son carnet. Ça va être chouette.

Quant à moi, j'ai un nouveau fond d'écran pour mon téléphone : une reproduction de *La Ronde de nuit*.

On a beau être meilleures amies, il est évident que Charlotte et moi n'avons pas vécu le même voyage.

18

Amsterdam, mon amour

Sur le trajet qui mène au collège, j'observe mon reflet dans les vitres des magasins. J'aime tout : la façon dont le jean est plaqué sur mes hanches, sa taille haute, la forme qu'il donne à mes cuisses, le tissu qui s'évase à partir des genoux, jusqu'à ce petit miracle du revers que je me suis appliquée à faire en bas. J'aime tout du corps que me façonne Jim II. Je me sens comme une nouvelle personne.

Le petit nuage sur lequel je suis perchée en imaginant tout ce qui va changer dans ma vie est tellement haut que je ne vois pas la silhouette arrêtée sur le trottoir quelques mètres devant moi, à côté des grilles du collège. Je lui rentre dedans.

– Oh, pardon, j'avais pas vu que...

La silhouette se retourne et mon cœur s'arrête de battre.

Grégory.

C'est lui, la silhouette que je viens de percuter. Mon radar ne fonctionne donc plus ? Ce qui s'est passé en Hollande l'aurait-il détraqué ?

Il me regarde avec surprise puis m'adresse, du haut de son mètre quatre-vingts (d'après l'estimation de détective Charlotte), un sourire enjôleur. Le décor alentour s'est immobilisé, les autres individus, s'il y en a, sont statufiés, même l'air en oublie de circuler. Plus rien ne bouge.

– Ah tiens, salut Marion !

Un sourire. Grégory me sourit. À moi. Aujourd'hui que je porte mon nouveau jean. Maintenant. Notre complicité a survécu au retour au collège.

Son sourire me submerge comme une vague de bonheur. Une déferlante.

– Tu attends quelqu'un ? demandé-je, pleine d'audace.

S'il dit « Oui, toi », je m'évanouis.

de Jim II, ni même à cause de Grégory. Aujourd'hui marque le début du reste de ma vie. Rien que ça.

J'adresse à Greg un signe de tête qui signifie « d'accord ».

La sonnerie du collège retentit.

Plus tard, je crois que je pourrais être historienne d'art.

Ou guide touristique.

En tout cas, je sais que je suis en train de trouver ma voie.

Paris, 2013 – Amsterdam, 2014

Sophie Adriansen

“Je suis grande. Depuis ma naissance. Ce qui n’a pas toujours été facile à vivre. Notamment au collège, parce que je me trouvais *trop* grande. Presque anormale. Comme j’étais mal à l’aise, j’en devenais maladroite. L’épisode de la purée et du plateau qui chute à la cantine n’est pas tout à fait une invention.

À cette époque-là, j’ai fait un voyage à l’étranger qui m’a permis de réaliser qu’il existait, ailleurs, des gens bien plus grands que moi, et que je n’avais rien d’une extraterrestre. J’ai alors pu me soucier un peu moins de ma taille, et un peu plus du monde autour de moi.

Ce voyage, c’était aux Pays-Bas. Je n’y suis pas allée avec ma classe mais en famille. J’ai eu l’occasion de visiter, entre autres, le Rijksmuseum. J’y ai vu *La Ronde de nuit*, inoubliable. Je prenais des cours de dessin le mercredi et j’écrivais des petits romans pour mes amies, sans penser qu’un jour mes histoires deviendraient de vrais livres.

Je suis retournée à Amsterdam depuis. La dernière fois, le Rijks avait été rénové. J’ai passé deux heures devant le tableau de Rembrandt. Au bout de deux heures, un gardien m’a fait sortir de ma bulle : le musée allait fermer. Je n’avais vu aucune autre salle. Dehors, il faisait doux. J’ai décidé de rentrer par le marché aux fleurs.”

Composition : Facompo,
Lisieux

Achevé d'imprimer en décembre 2017
par l'Imprimerie Maury S.A.S. à Millau (12)
Dépôt légal : juin 2016
N° d'impression : L17/57315L
U54002/04

Imprimé en France